Contes du Temps
Traversée vers l'Éternité
2ème édition

Svétoslava Prodanova-Thouvenin

Contes du Temps
Traversée vers l'Éternité
2ème édition

Avec les illustrations de l'auteur

Rédaction linguistique et technique
par Patrick Thouvenin

© 2011   Svétoslava Prodanova-Thouvenin

Éditeur : Books on Demand GmbH, 12/14 rond-point des Champs Élysées, 75008 Paris, France
www.bod.fr

Impression : Books on Demand GmbH, Norderstedt, Allemagne

- 1ère édition :
ISBN 978-2-8106-1926-9
Dépôt légal : septembre 2010

- 2ème édition :
ISBN 978-2-8106-2238-2
Dépôt légal : septembre 2011

À mes fidèles Guides
de traversée
vers l'Éternité

Table des matières

– Quand le Temps apprenait à marcher
– Le Couesnon
– Le brin de paille et le Temps
– Le Temps et le vol des oiseaux
– La maison de l'Éternité

Quand le Temps apprenait à marcher

LE TEMPS s'arracha en silence des entrailles de l'Étendue. L'accouchement fut sans douleur mais pénible ; la douleur de l'enfantement aurait donné naissance à l'amour maternel, tandis que le silence mit au monde le pouvoir.

L'Étendue comprit que désormais elle devrait vivre sous le pouvoir exclusif de sa jeune progéniture, qui à peine venait de voir le jour mais déjà tendait ses petites mains avides d'exercer leur puissance vers les étoiles. Le Temps pouvait les tenir dans ses mains sans que leur ardeur ne brûle ses paumes et faisait chacune chanter une mélodie propre à elle seule. Quand le son ne lui plaisait pas, avec une force étonnante pour son jeune âge, le Temps jetait, précipitait avec violence l'étoile rebelle dans l'abîme et elle périssait en laissant dans le ciel noir une trace lumineuse. Le Temps avançait ses menus doigts transparents et effaçait la lumière avec acharnement... L'étoile disparaissait dans le néant absolu ! L'immense cœur de l'Étendue, pourtant plein de lumière solaire, se serrait à la pensée qu'un seul coup des poings fermes et sans pitié du Temps suffisait pour arrêter son pouls enflammé. Mais le Temps était son fils et elle l'aimait malgré tout.

Quand l'enfant cruel quitta son berceau, l'Étendue pétrit l'énorme pain magique de la Lune et laissa son fils aller par la Voie lactée vers cette boule enchantée et rayonnante qui devait prédire son avenir. L'enfant marchait avec assurance. Au-dessus de la Lune brillaient trois étoiles. L'une avait le triste sourire du Passé, l'autre le visage affairé du Présent, la troisième la jeunesse impatiente du Futur. Toute tremblante, l'Étendue attendait : laquelle des étoiles allait choisir son enfant ? Toutes avaient fait leur apparition le jour de sa naissance.

Le Temps atteignit la boule du destin. La détourna. S'arrêta devant les étoiles. Les tapa légèrement pour en essayer le son. Prêta attentivement l'oreille. Toutes résonnaient d'une manière attirante. Le Passé donnait un son nostalgique et tendre, la voix du

Présent était puissante mais ne durait qu'un court instant, l'Avenir retentissait avec force. Le Temps réfléchit. Puis poussa les trois clochettes d'un seul coup puissant. La musique disait la vérité. La musique ne ment jamais. Elle dévoile la nature profonde des choses. Le son des étoiles recèle leurs vérités. L'enfant inexorable le savait. Il écouta la musique des trois étoiles. Ensemble elles chantaient la mélodie du pouvoir. Le seul pouvoir que le Temps désirait, le pouvoir sans limites, le pouvoir éternel sur tout et sur tous. La petite main saisit brusquement les trois étoiles et en un instant le jeune enfant grandit et promena son regard dans l'immensité de l'Étendue. Ses yeux brillaient avec la lumière douce de la sagesse du Passé, mais leur lumière prononçait le verdict sans appel du Présent, son cœur battait dans le rythme du Futur.

L'Étendue frémit. Il lui arrivait ce qui peut arriver à n'importe quelle mère : elle avait mis au monde un être qui la surpassait, elle ne s'était pas attendue à cela. L'Étendue craignait son fils. Elle craignait aussi pour lui. Elle sentait que tout son être se hérissait de peur. Elle devait combattre celui à qui elle avait donné le jour. Elle allait l'emporter sur lui, elle allait subir des défaites. L'Étendue le savait déjà : le plus dur à supporter ce sont les victoires de la peur et la défaite de l'amour. Elle frissonnait, elle avait mal, elle avait peur. L'Étendue ressentait le poids des petites choses qu'elle recélait et chaque petite parcelle de son infini s'opposait au pouvoir du Temps.

Le Temps écrasait sous ses pas fermes les voies étoilées de l'Étendue. L'Étendue appelait à la révolte ses espaces énormes contre le pouvoir sans limite de son fils. Une lutte s'engageait, une lutte qui prendrait fin uniquement si les entrailles de l'Étendue donnaient une nouvelle naissance... Car le jour où elle mit au monde le Temps, l'Étendue conçut un rêve, l'Éternité...

Le Couesnon

« Le Couesnon,
en sa folie,
mit le Mont en Normandie »

COUESNON jaillit de la terre fière de Mayenne. Arracha de ses entrailles la force et emporta les eaux piégées dans le giron des rives. Les rives — destin du fleuve, sa direction, sa recherche de l'infini de l'océan. Sur l'une des rives de Couesnon galopait le Temps. Le Temps qui aimait la terre ferme où l'on peut laisser des traces. Changeante et inconstante, lancée toujours en avant, aussi insaisissable que lui, l'eau lui faisait peur. Mais pas l'eau de toute rivière. Il y avait même des fleuves que le Temps pouvait subjuguer, ils lui laissaient des gués ; au fil des années ils n'avaient qu'une fierté — le Temps avait traversé leurs eaux. Il y avait encore ceux qui lui offraient leur cours, le Temps y nageait oubliant sa crainte d'eau vive...

Mais Couesnon ne ressemblait à aucune rivière, celle-ci ne voulait pas se soumettre au Temps, elle voulait le dépasser. Elle courait plus vite que lui, lui barrait les chemins les plus courts, lui faisait peur par les profondeurs de son assiduité dans lesquelles se noyait la puissance du Temps. Le Temps se pressait sur l'une des rives et n'osait pas passer à la nage sur l'autre. Il devait être plus rapide que la rivière, arriver à la prendre au dépourvu, et atteindre l'autre rive en marchant sur la terre ferme. Régner sur une berge seulement, c'est être seigneur sans domaine. Tant que la rivière gardait pour elle l'autre rivage, elle était la plus forte. Le Temps ne pouvait lui pardonner cette force. Il devait la vaincre.

La rivière était lasse de courir toujours plus vite. Elle s'arrêta et prêta oreille au murmure de ses eaux. Ce murmure était son destin éternel. Elle ressentit un désir intense de silence. Le silence naquit en elle, dans le plus profond de son être comme un rêve irréalisable. La rivière savait que le silence existe mais elle ne l'avait jamais rencontré. Les sons se fondent dans le silence comme les couleurs dans le blanc éclatant de la lumière. Et chaque son trouve dans le silence son vrai sens, résonne et s'abrite en lui. Couesnon avait cette connaissance du silence et l'aimait. Elle l'aimait ! Dans ce mot il y avait du silence, du silence qui comme une prière effleurait les eaux de la rivière et enlevait leur fatigue...

Le silence appelait Couesnon. Un frisson transit ses eaux, la réveilla et la poussa en avant. Le Temps l'avait devancée. Il pouvait atteindre avant elle le silence, le toucher, le détruire, le salir car le Temps, la rivière le savait, était avide du pouvoir. Couesnon était pressée, elle se heurtait dans son fond pierreux, elle se noyait dans ses propres profondeurs. L'océan était tout près. Encore un peu, et le Temps prendrait possession de l'autre rive, celle en face de laquelle se dresse l'Abbaye. Couesnon entendit le cri muet de cette immense demeure de la beauté, de cette immuable forteresse du silence, ce rempart de la foi en l'Éternité.

– Aide-moi ! — murmura le silence.

Couesnon lança la tendresse puissante de ses eaux. Elle étala leur force amoureuse devant les pas écrasants du Temps et disparut dans l'océan...

– Le Couesnon est folle ! — s'écria le Temps, de sa berge, voué désormais à raconter des légendes tristes aux rochers.

– Le Couesnon est heureuse... — répondit la voix profonde de l'océan gris.

– Le Couesnon est éternelle... — chuchota le silence, abrité dans le temple de l'Abbaye. Il savait avec certitude que le Temps était impuissant face à la force invincible de la forteresse de pierre. Sur cette rive fleurissaient, et donnaient des fruits abondants, des pommiers que le Temps ne pouvait même pas effleurer. Leur bruissement sous la brise de l'océan répétait le nom de l'Éternité.

Le nom de l'Éternité est amour.

Le brin de paille et le Temps

Conte inspiré par Stratford-upon-Avon

À mes parents

LES OUVRIERS terminaient déjà le toit de la nouvelle maison. Il leur restait deux ou trois jours de travail pour achever leur œuvre. Les doigts habiles des maîtres de toitures en paille tordaient les brins blonds, les tortillaient selon les règles de leur métier particulier et difficile qui crée l'abri des humains.

Le mérite de chacun est au poids de son œuvre sur la balance sensible de la vie. Le Temps efface de la face de la vieille Terre ridée les autres traces de l'existence, saupoudre avec la poussière dorée des années les blessures et cicatrices, fait disparaître le rêve vaporeux du bonheur non réalisé et les douleurs laissées par les vies entières. Le Temps est l'Endormeur secret des souvenirs lointains, muni de la drogue éthérée de l'oubli, vêtu de la cape blanche de l'hiver, pourvu des remèdes parfumés du printemps, servi par la douce langueur de l'été, affairé par les soucis amers de l'automne. Les saisons, faisant quatre-vingt-dix-neuf tours, anéantissent toute mémoire de l'homme, il ne reste que son œuvre.

Les maîtres ouvriers connaissent le Temps et ont peur de lui. Ils entrelacent l'habileté de leurs doigts dans la toiture de cette nouvelle demeure. Ils ont fait un pari avec le Temps et ils doivent gagner. C'est pourquoi ils agissent avec un peu de cruauté. La volonté de gagner est toujours un peu cruelle, et en plus les humains négligent les choses qu'ils considèrent comme nature morte. Et pourtant toute chose recèle la vie, il suffit d'avoir du cœur pour s'en apercevoir. Voilà maintenant, une petite paillette tremble de peur qu'on aille la casser, la tortiller, qu'on aille écraser son souvenir des champs verts qui vit en elle. Toute chose est vivante tant qu'elle peut garder en vie son souvenir le plus heureux. Le petit brin de paille souffle à l'oreille du vent :

– Enlace-moi, emporte-moi loin d'ici, dans les champs !

Le vent s'amuse à le faire frémir, il entend sa propre voix dans la prière du petit brin doré. Lui-même est pressé de s'en aller dans la campagne pour assouvir sa soif de liberté. Le vent prend la paillette de ses doigts translucides, la porte à ses lèvres et elle s'envole loin, loin, toujours plus loin...

Le brin de paille vole, emporté par le vent qui le laisse se poser dans les champs verdoyants de Windsor. La paillette s'abrite doucement dans les jeunes pousses de blé et s'abandonne au flux des souvenirs qui l'envahissent. Un des épis se baisse sur elle et murmure :

– Ne crois pas que tu peux de nouveau donner à quelqu'un la promesse de satiété. Le Temps t'a écrasée. Et tu dois te venger de lui. Ramasse dans ton creux ses moments. Attrape-les ! Glane-les, comme les moissonneuses glanent les épis. Tu les verseras au-dessus de celui qui seul peut vaincre le Temps, car il va se servir de ses propres armes. Il passera ses moments par le moulin de l'Éternité. Il aura la force de chercher leur vrai sens. Un moment dont on trouve le sens ne meurt pas, il fait partie de la richesse de la vie, il triomphe de l'Endormeur secret. Un souvenir à sens trouvé reste éternellement. Je voudrais que tu me venges aussi, prends ma revanche dans ta lutte contre le Temps !

Le bruit des pas et du rire joyeux de quelques jeunes femmes de Windsor couvrirent la voix de l'épi et glissèrent dans le creux de la paillette. Elle se sentit rajeunir. Le vent l'enleva dans ses bras de fraîcheur, la fit voler au-dessus des champs couleur émeraude, et le brin de paille se mit à absorber le charme de la nuit d'été habitée par les merveilles.

Ils volèrent après toute une journée, survolèrent la terre et les mers, les châteaux et les palais, des chaumières et des prés. Le brin de paille dérobait les trésors du Temps — du passé, du présent et de l'avenir. La plus cruelle des vengeances est celle des êtres inoffensifs. La petite paillette suçait les légendes des champs et des sérails, les amassait pour une heure inconnue...

Le vent se lassa de la porter. C'est exténuant de servir l'œuvre qui ne t'appartient pas. Un comédien de troupe itinérante la trouva dans les herbes, essaya de la mâcher, puis la jeta. Le brin doré se coucha dans la jeune mer verte d'un pré et se mit à attraper les bruits du Temps, il les emprisonnait tous, jusqu'au plus léger murmure. La sagesse de quelqu'un allait tamiser ses acquisitions précieuses et séparer l'important du vain...

Le troisième jour une hirondelle l'emporta dans son bec. La paillette écoutait les coups du cœur de l'oiseau et apprenait la liberté. L'hirondelle se posa — ô miracle ! — sur le même toit duquel le petit brin roux s'était évadé. Il s'avéra que la paillette ne convenait pas à la construction du nid. Malgré sa fierté elle enlaça humblement ses consœurs. Le brin de paille se plia au destin sans perdre sa charmante dignité. Il poursuivait son but. La paillette attendait le moment qui donnerait la naissance d'immortalité sous ce toit. Elle avait oublié sa nostalgie des champs. Il arrive qu'un âtre vaille mieux que l'immense fournaise du soleil. Le petit brin de paille attendait la nouvelle naissance du monde, un monde plus vrai, éternel, qui aurait vaincu le Temps avec la force de ses souvenirs sauvés avec sagesse...

L'Endormeur secret passait toujours avec crainte à côté de cette demeure. Les jeunes épis de blé de Windsor lui avaient annoncé avec joie méchante la vengeance de la paillette. Il en était devenu furieux ! S'il pouvait seulement connaître lequel des brins blonds le défiait ! Le Temps appelait les vents les plus violents à rugir au-dessus du toit de paille. Mais il savait déjà que c'était des efforts vains. Ils étaient peu nombreux ceux qui essayaient de le combattre, mais le Temps connaissait leur opiniâtreté — elle pouvait résister aux pires ouragans !

Ainsi s'écoula avec les eaux d'Avon un siècle. Dans une matinée bleue sous le toit de paille naquit un enfant — le fils du gantier Shakespeare. L'Endormeur secret, malgré sa peur, ne put s'empêcher de passer et de jeter un coup d'œil suspicieux au-dessus du berceau. Un léger bruissement de paille toucha ses oreilles. Comme un essaim d'étoiles, du toit se répandaient des moments préservés du Temps. Le Temps ne pouvait pas les attraper, les apprivoiser de nouveau — ils brûlaient ses doigts, et celui qui enchaîne les victoires faciles n'est plus capable de résister aux petits obstacles. Les moments sauvegardés appartenaient au nouveau-né.

Dans l'âtre tomba un petit brin de paille, se moqua de l'Endormeur secret, et avec un craquement joyeux, sans regret, se transforma en cendres. C'est beau de brûler du désir d'offrir à quelqu'un l'immortalité.

Un vent doux souffla dans la cheminée, tira des cendres une étincelle vivante et l'emporta vers l'étendue verte des champs. Avec la fidélité d'un vieil ami le vent la mêla à la chair luisante de la terre et la caressa avec tendresse. L'étincelle devint un tout petit grain de blé... Un miracle !

Dans les bras aimants de la Terre poussait l'éternité d'un brin de lumière dorée qui avait vaincu le Temps.

Le Temps et le vol des oiseaux

LE TEMPS était de retour dans la forêt de sa jeunesse. Non pas que la nostalgie le tourmentait. Tout simplement la forêt était sur son chemin. Le Temps prit les sentiers couverts par la mousse des années. Sous la mousse frémissait la lueur pâle et craintive des lucioles. Les yeux du Temps n'avaient plus l'habitude de cette lumière verdâtre. À présent ses pas arpentaient plutôt des avenues envahies de tubes de néon. Les pas du Temps... parfois involontairement, parfois avec cruauté préméditée et affermie, écrasaient la vraie lumière...

Ce jour-ci un petit hibou était tout juste sorti de l'œuf. Un oisillon nu, avec de petites ailes frémissantes, d'énormes yeux pleins de lumière qui se cachaient derrière les lourdes paupières. Il grandissait vite, ses plumes poussaient, et il passait les nuits noires à défier l'obscurité par la clarté phosphorescente de ses yeux.

Parfois le petit hibou essayait de prendre l'envol. Mais en vain. Ses ailes tombaient sans force comme brisées, ses paupières couvraient alors la lumière qui jaillissait de son cœur, au-dessous des paupières fermées se glissaient silencieusement deux larmes pleines de lueur fascinante... La mère du petit hibou attendait avec tristesse désespérée le jour où son oisillon pourrait s'envoler très très haut et illuminer à la lumière de ses yeux les cimes des arbres...

— Je vais appeler le Temps, il t'aidera à voler ! — heureuse à l'idée qui subitement avait traversé son esprit, dit-elle un jour à son enfant.

— Non, je ne veux pas ! Le Temps passe par la forêt et tue la lumière des lucioles ! Il les piétine, Maman, moi je le sens et j'ai mal comme s'il foulait aux pieds mon cœur ! Le Temps ne peut pas m'aider, ma petite Maman, il n'en est pas capable ! Il passe à travers moi, invisible et cruel, il laisse des blessures dans mes ailes ! Mes ailes sont saines, mes ailes sont fortes, c'est la faute de Temps si je ne peux pas m'élever dans le ciel !

– Comment l'as-tu su ? Le Temps, tu ne l'as pas vu, tu es de la veille ! Tu ne sauras pas voler si tu n'abrites pas le Temps sous tes ailes !

– Pas question ! — répondit le petit hibou d'un ton ferme. – Je ne peux pas l'abriter, il m'est étranger ! Je vais le combattre !

Sous l'arbre qui accueillait le nid des hiboux s'était arrêté le Temps, fatigué d'avoir tué tant de lucioles. Il les avait exterminées toutes, jusqu'à la dernière.

– Pas question ! — Une voix d'oisillon dans laquelle frémissaient des larmes frôla ses oreilles. – Je le combattrai jusqu'à, jusqu'à...

Une goutte lumineuse se glissa dans l'herbe aux pieds du Temps. Puis une autre. Les larmes du petit hibou. Elles étincelaient dans l'herbe comme des lucioles...

Une peur de superstition saisit le Temps. Il se mit à courir à rendre folles toutes les pendules au monde. Loin de cette forêt ! Loin de cette lumière vivante et éternelle. Vite ! se réfugier chez les oiseaux qui ne volent jamais ! chez les volatiles qui ramassent des miettes sous la pluie glaçante du néon !

Un bruissement d'ailes suivit sa retraite de panique. Le petit hibou survolait la forêt. La douleur de son cœur versait des larmes chaudes et scintillantes, et, dans la mousse des années comme dans les jeunes pousses d'herbe, ces larmes devenaient des lucioles...

La maison de l'Éternité

Conte inspiré par la Lorraine

À Jean-Pierre Ziegler

LE TEMPS arpentait le no man's land. Une Terre assourdie depuis la nuit des temps par le son du clairon et du tambour. Les hommes se battaient pour la conquérir. Le Temps les aidait, parfois les uns, parfois les autres, selon ses caprices. De ses propres mains le Temps creusait les tranchées au sein desquelles les hommes, devenus soldats, s'endormaient dans le sommeil cauchemardesque de la mort, en enlaçant leurs fusils. La Terre tremblait en abritant tant d'espoirs assoupis. La Terre et le Temps n'appartenaient à personne. Ils étaient tout-puissants car ils ne rêvaient pas la tendresse caressante d'une main, au moins c'est cela qu'ils croyaient.

Des deux la Terre était plus vulnérable. Dans ses entrailles s'agitait doucement un cœur de charbon qui pouvait offrir aux hommes tant de chaleur. Le Temps l'aurait-il voulu, il pouvait ouvrir des mines dans ses tréfonds au lieu de la défigurer par les traces saignantes des tranchées. Les hommes qui restaient étrangement immobiles dans ces horribles cicatrices sur son visage, ces hommes étaient les fils de la Terre et elle les pleurait tous. Ses sanglots secouaient les couches de charbon qui formaient son cœur et le Temps galopait sur la Terre saisie de douleur, galopait poursuivi par la peur pour la première fois dans sa vie.

Et là il aperçut la maison. Sur cette Terre chahutée par la détresse seule cette maison demeurait inébranlable. Le Temps poussa violemment la porte et entra. Il se laissa tomber sur la première chaise venue, puis essaya d'apaiser les coups de son cœur. Ces coups résonnaient dans sa poitrine comme les pas de marche menaçants d'une escouade de soldats. D'autres pas touchèrent son ouïe. Le Temps se tourna en direction de leur léger bruit. Dans la pièce était entrée une jeune fille dont les yeux étaient étrangement remplis de sagesse sur un visage qui ne portait aucune trace du Temps. Ils s'étaient rencontrés quelque part, mais où ? La jeune fille devina la question dans le regard du Temps et s'empressa à dire :

— Je vais te faire un festin ! Pour la première fois tu franchis le pas de ma maison... — Sa voix avait un son qui évoquait des souvenirs, cette voix venait de l'enfance du Temps, ou peut-être d'une époque plus lointaine...

Le Temps promena ses regards autour de lui. Un des murs de la maison était transparent et donnait sur des contrées lointaines et infinies. Sans même le vouloir le Temps leva sa main en montrant ces étendues merveilleuses, mais le regard sévère de la jeune fille fixa ses doigts tachetés de sang, et le Temps, gêné, les cacha derrière son dos. Ils se mirent à table.

— Buvons à la santé des braves soldats — le Temps leva son verre. Subitement un chant d'orgue remplit le silence qui suivit son toast. Il résonnait comme un pleur.

— D'où vient cela ? — La peur envahit le Temps.

— Ma maison est pleine d'orgues. Ils disent toujours la vérité — répondit d'un ton tranquille la jeune fille et ajouta :

— C'est pourquoi je n'ai pas peur de tes mensonges. Je ne te fais pas bêtement confiance — Puis la jeune fille leva son verre :

— Moi je trinque à la santé des soldats qui rentreront chez eux, ayant appris encore une vérité. Ils s'endormiront heureux, dans les bras de leurs femmes. Dans leurs rêves chanteront mes orgues et effaceront de leur mémoire tes mensonges qui éclatent comme des obus. On ne peut jamais comparer le son d'un orgue à ces éclats... Sous cette berceuse douce et majestueuse les soldats rêveront du cœur de la Terre qui n'appartient qu'au Ciel...

Subitement dans la pièce se mirent à étinceler des braises de charbon. Elles glissèrent vers le Temps et il vit à ses pieds en se frottant comme des chatons se rassembler des vieux fers à repasser pleins de charbons ardents...

– Ils m'aident à effacer tes erreurs ! — répondit la jeune fille à la question qui brûlait les lèvres du Temps sans oser s'exprimer. – Je suis ta sœur, je suis l'Éternité !

Un vent chaud souffla des entrailles de la maison, la porte s'ouvrit, le vent emporta le Temps dehors, il ne pouvait presque plus poser ses pas sur la Terre, ses pas ne laissaient plus de traces...

– Terre, à qui appartiens-tu ? — gémit le Temps. Autrefois je laissais des cicatrices dans ta chair...

– Je n'appartiens qu'au Ciel, Lui seul est mon Maître ! Seul Lui peut arracher les ardeurs de mes tréfonds... — répondit une voix profonde et forte.

Qui avait persuadé la Terre de rompre sa solitude, de se hisser plus haut que ses collines endolories et s'adonner au Ciel ?... Qui, qui l'a rendu sûre d'elle-même ?...

Le Temps tourna ses regards derrière lui. Loin, à la frontière du passé, du présent et de l'avenir inébranlable, se dressait la maison de l'Éternité.

Le Temps égara ses pas incertains dans une Terre affranchie qui lui était devenu hostile.

Une Terre promise au Ciel.

Chat de Venise

Peinture sur satin
de Svétoslava Prodanova-Thouvenin,
inspirée par « Chats de Venise », éd. RL

Des mêmes auteurs :

Prodanova-Thouvenin, Svétoslava (SPTh),
Thouvenin, Patrick (PTh)

Chez le même Éditeur :

Books on Demand GmbH,
12/14 rond-point des Champs Élysées,
75008 Paris, France
www.bod.fr

Collection
"Contes et Merveilles"

Poésie en prose, contes

Le Ciel des Oiseaux blessés
auteur SPTh
- 1ère et 2ème éditions :
ISBN 978-2-8106-1874-3
Dépôt légal : juin 2010 & décembre 2010
- 3ème édition révisée :
ISBN 978-2-8106-1342-7
Dépôt légal : août 2011

À l'heure enchantée de l'amour
auteur SPTh
- 1ère édition :
ISBN 978-2-8106-1963-4
dépôt légal : août 2010
- 2ème édition révisée :
ISBN 978-2-8106-1349-6
dépôt légal : juillet 2011

Contes du Temps
auteur SPTh
- 1ère édition :
ISBN 978-2-8106-1926-9
dépôt légal : septembre 2010
- 2ème édition :
ISBN 978-2-8106-2238-2
dépôt légal : août 2011

Le Continent inexploré
auteur SPTh
ISBN 978-2-8106-1234-5
dépôt légal : mars 2011
(2ème édition prévue)

Dans un Jardin perdus
auteur SPTh
à paraître fin 2011

Série :
Ad Astra

Un roman à suivre, à l'infini...

Ad Astra Tome I
Prologue
auteur SPTh
- 1ère édition :
ISBN 978-2-8106-1186-7
dépôt légal : avril 2011
- 2ème édition révisée :
ISBN 978-2-8106-2158-3
dépôt légal : août 2011

Ad Astra Tome II
Le journal d'Orion
auteur SPTh
à paraître automne 2011

Ad Astra Tome III
Le rêve d'Astra
auteur SPTh
à paraître printemps 2012

Série :
Les aventures de Kécha

*Un conte tendre et profond,
déclaration d'amour à la Création*

Les aventures de Kécha Tome I
La prophétie des Innocents
auteur SPTh
à paraître été 2011

Les aventures de Kécha Tome II
auteur SPTh
à paraître printemps 2012

Collection
"Conversations spirituelles"

Essais philosophiques et spirituels

Les sentiers de la consécration
auteurs PTh & SPTh
à paraître fin 2011

Histoire des Cieux et de la Terre de Tome I à Tome XIII
auteur PTh
premiers tomes à paraître fin 2011

Site Web de l'auteur :
www.lescheminsduvent.net
Courriel :
lescheminsduvent@wanadoo.fr

Rameau fleuri
Création sur parchemin